Klaus Baumgart

Lauras Stern
Freundschaftliche Gutenacht-Geschichten

Nacherzählt von Cornelia Neudert

Baumhaus

Weitere Titel dieser Reihe:

Lauras Stern – Gutenacht-Geschichten
Lauras Stern – Neue Gutenacht-Geschichten
Lauras Stern – Traumhafte Gutenacht-Geschichten
Lauras Stern – Zauberhafte Gutenacht-Geschichten
Lauras Stern – Wunderbare Gutenacht-Geschichten
Lauras Stern – Fantastische Gutenacht-Geschichten
Lauras Stern – Geheimnisvolle Gutenacht-Geschichten
Lauras Stern – Märchenhafte Gutenacht-Geschichten
Lauras Stern – Glitzernde Gutenacht-Geschichten
Lauras Stern – Fabelhafte Gutenacht-Geschichte
Lauras Stern – Abenteuerliche Gutenacht-Geschichten

Titel in der Regel auch als Hörbuch und E-Book erhältlich

Dieser Titel ist auch als Hörbuch und E-Book erschienen.

Originalausgabe

Lektorat: Lisa Engels

Text: Cornelia Neudert, nach Drehbüchern von
Michael Mädel („Der Krankenbesuch“ und „Der Dieb“)
und Sabine Rossmann („Der Hauptgewinn“)

Satz & Lithos: Helmut Schaffer, Hofheim
Gesetzt aus der Goudy
Druck und Einband: Print Consult GmbH

Printed in Slovakia

ISBN 978-3-8339-0564-3

2 4 5 3 1

Sie finden uns im Internet unter: www.baumhaus-verlag.de
Bitte beachten Sie auch: www.luebbe.de und www.zdf-shop.de

Inhalt

Laura hat einen ganz besonderen Freund, ihren Stern. Sie erzählt ihm von allem, was so passiert: von Tommy, ihrem kleinen Bruder, von Sophie, ihrer Freundin, und von Mama und Papa. Sie erzählt ihm, ob sie traurig ist oder fröhlich oder ängstlich oder mutig.
Und manchmal kommt der Stern mit seinem glitzernden Sternenlicht zu ihr …

Der Krankenhausbesuch

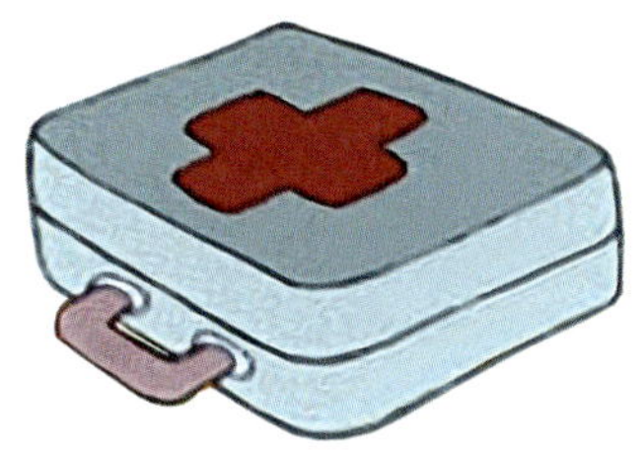

Laura sitzt im Gras beim Spielplatz und pflückt Blumen. Sie hat ein altes Buch dabei. Dort legt sie die Blumen hinein, um sie zu pressen.
„Was machst du da?", fragt ihr kleiner Bruder Tommy, der auch gerade aus der Wohnung nach unten gekommen ist.
Laura zeigt ihm die Blüten, die zwischen den Seiten liegen.
„Wenn sie getrocknet sind, bastle ich daraus ein Geschenk für Sophie!", sagt Laura.
„Wieso? Hat sie Geburtstag?", fragt Tommy.

Laura schüttelt den Kopf.
„Nein, Sophie ist doch im Krankenhaus, weil ihre Mandeln herausgenommen wurden. Und jetzt geht es ihr wieder so gut, dass Mama und ich sie morgen besuchen können!"
In der Nähe, bei der Schaukel, stehen Harry und seine zwei Freunde. Sie haben gehört, was Laura gesagt hat, und schütteln die Köpfe.
„Ins Krankenhaus!", ruft einer. „Da würde ich ja nicht hingehen!"
„Nee, ich auch nicht", stimmt Harry ihm zu. „Niemals!"

Laura runzelt die Stirn.
Die drei sind furchtbare Angeber, und Laura will normalerweise lieber nichts mit ihnen zu tun haben. Aber jetzt möchte sie doch gern wissen, was los ist.
Warum würden die drei nicht in ein Krankenhaus gehen?
„Die Freundin von meiner Schwester kannte jemanden, der war im Krankenhaus zu Besuch“, erzählt einer der Jungs, „und den haben sie dann gleich dabehalten!“

Harry nickt.
„Ja, das passiert häufig! Wenn man erst im Krankenhaus ist, dann muss man dableiben, drei Wochen, vier Wochen und noch länger!“
Er schneidet eine fiese Grimasse.
„Nein, ins Krankenhaus würde ich nie freiwillig gehen!“

Laura weiß, dass Harry und seine Freunde es lustig finden, den jüngeren Kindern Angst zu machen. Wahrscheinlich erzählen sie auch diesmal wieder Quatsch.
Trotzdem hat Laura plötzlich ein mulmiges Gefühl dabei, Sophie morgen im Krankenhaus zu besuchen.

Später erzählt sie Papa und Mama, was die Jungs gesagt haben, nämlich, dass Leute, die zu Besuch ins Krankenhaus kommen, oft einfach dortbehalten werden!

Papa streicht Laura über den Kopf.
„Das ist Unsinn“, sagt er. „Krankenhäuser sind da, um den Leuten zu helfen, die krank sind. Und du bist doch vollkommen gesund!“
„Du musst dir wirklich keine Sorgen machen“, fügt Mama hinzu. „Aber wenn du Angst hast, musst du nicht mit. Dann besuche ich Sophie alleine.“

Laura überlegt kurz. Sie hat zwar immer noch ein komisches Gefühl, aber sie möchte ihre Freundin morgen sehen!
„Sophie langweilt sich im Krankenhaus bestimmt“, sagt sie. „Und wenn ich da bin, können wir zusammen spielen. Ich komme mit!“

Nach dem Abendessen geht Laura in ihr Zimmer.
Sie öffnet das Buch, in das sie die Blumen gelegt hat. Sie sind inzwischen ganz flach und trocken geworden. Laura nimmt sie heraus und klebt sie auf ein dickes Blatt Papier.

Durchs Fenster scheinen die Sterne herein. Einer von ihnen ist Lauras Stern.
Die beiden kennen sich schon, seit Laura dem Stern einmal geholfen hat. Ihm war eine Zacke abgebrochen, und Laura hat ihn mit einem Pflaster verarztet.
Jetzt scheint er neugierig auf das Blumenbild.
Laura hebt das Blatt hoch, damit er es besser sehen kann.

„Die Blumen hab ich ausgesucht, weil Sophie doch eine Woche nicht zum Spielen rauskonnte“, erklärt sie. „Soll ich auch noch einen Papierstern dazukleben?“
Ihr Stern fliegt zustimmend einen Kreis.

Nachdem Laura den Papierstern aufgeklebt hat, sagt sie: „Schade, dass du morgen nicht mitkommen kannst ins Krankenhaus. Ich hab zwar keine Angst mehr, aber es wäre schön, wenn außer Mama noch jemand mit mir kommen würde."
Der Stern wiegt sich einen Moment hin und her, dann lässt er seinen Schein auf Lauras Teddy fallen.

„Ach, du meinst, ich soll meinen Bären mitnehmen?“
Das ist eine gute Idee, findet Laura.
Und weil sie nicht sicher ist, ob Bären im Krankenhaus erlaubt sind, packt sie den Teddy einfach in ihren Arztkoffer.
Denn Arztkoffer sind im Krankenhaus bestimmt erlaubt.

Mit Mama und dem Bären im Koffer geht Laura am nächsten Tag ins Krankenhaus. Es riecht komisch, und es gibt so viele Gänge und Türen!
Eine Frau geht auf dem Gang an Laura vorbei und streift sie aus Versehen mit einem Blumenstrauß im Gesicht. Das kitzelt ganz schön.
„Hatschi!"
Laura muss niesen.

Ein Mann im weißen Kittel bleibt stehen und sagt: „Gesundheit!“
Laura erschrickt. Der Mann gehört zum Krankenhaus! Ob sie jetzt gleich hierbleiben muss, weil sie krank ist?
„Es ist alles in Ordnung!“, sagt sie schnell. „Ich bin ganz gesund!“
Der Mann lächelt und nickt.
„Das sehe ich“, sagt er und geht weiter.
Laura atmet auf.

Sophies Zimmer ist auf der Kinderstation. Hier sind die Wände bunt bemalt. Es ist hell und freundlich, ganz anders, als Laura es sich vorgestellt hat.

Auf einer Tür entdeckt Laura ein Bild mit einem Teddy, der auf dem Töpfchen sitzt.

Sie kichert.

„Guck mal, Mama, ein Bär auf dem Klo!“

Ein paar Türen weiter ist Sophies Zimmer.

Sophie sitzt auf dem Bett und strahlt übers ganze Gesicht, als Laura hereinkommt.
„Oh, wie schön, dass du mich besuchen kommst!“, sagt sie. Sie trägt zwar einen Schlafanzug, aber besonders krank sieht sie nicht mehr aus. Nur ihre Stimme klingt heiser.

Laura umarmt ihre Freundin und reicht ihr das Blumenbild. „Toll!“, krächzt Sophie.

„Tut es noch sehr weh?“, fragt Laura besorgt.

Sophie zeigt auf ihren Hals. „Am Anfang hat es hier wehgetan, beim Schlucken. Aber ich darf ganz viel Eis essen, davon wird es besser. Und jetzt ist es fast vorbei.“

„Was, du darfst Eis essen?“, wundert sich Laura.
„So viel ich will!“, antwortet Sophie. „Willst du auch eins?“
Klar möchte Laura Eis!
Aber zuerst muss sie zur Toilette.
„Soll ich mitkommen?“, fragt Mama.
Laura schüttelt den Kopf. Die Tür mit dem Töpfchen-Bär ist ja leicht zu finden. Aber ihren Arztkoffer nimmt sie mit, für alle Fälle.

Nachdem Laura auf der Toilette war, will sie zurück zu Sophie. Aber sie weiß nicht mehr genau, wo das Zimmer ist. Die Türen sehen alle gleich aus!
Laura schaut von einer Tür zur anderen. Dann überlegt sie nicht mehr länger und öffnet einfach irgendeine davon.

Aber das ist nicht Sophies Zimmer. Ein Mann im weißen Kittel steht vor Laura.
„Hallo! Wo willst du denn hin?“, fragt er freundlich.
„Zu meiner Freundin Sophie“, sagt Laura leise. „Die hatte eine Mandeloperation.“
Sie muss schon wieder an das denken, was Harry gesagt hat. Ob sie lieber ganz schnell wegrennen soll?
„Sophie?“ Der Mann überlegt. „Ach ja, sie liegt in Zimmer zwölf!“
„Sie kennen Sophie?“, fragt Laura überrascht.

„Natürlich! Ich habe sie ja operiert!“, antwortet der Mann. „Ich bin Hals-Nasen-Ohren-Arzt.“
Sein Blick fällt auf Lauras Arztkoffer, den sie unterm Arm trägt.
„Und du? Bist du auch Ärztin?“
Laura schüttelt den Kopf.
„Nicht so ganz“, antwortet sie. „Aber einmal hab ich schon jemandem geholfen, der sich verletzt hatte.“
Sie muss an ihren Stern und seine abgebrochene Zacke denken.
Plötzlich hat sie gar keine Angst mehr.
„Wenn deine Freundin Sophie es erlaubt, kannst du mir vielleicht helfen, bei ihr die Nachuntersuchung zu machen?“, schlägt der Arzt vor.
Laura nickt, und zusammen gehen sie zu Sophies Zimmer.

Der Arzt schaut in Sophies Mund, ob ihr Hals gut verheilt, und auch Laura darf hineinschauen.
Als die Untersuchung vorbei ist und Laura, Mama und Sophie wieder allein sind, spielen sie zusammen ein Kartenspiel und malen. Der Bär darf auch zuschauen. Und natürlich schlecken sie ein Eis!
Dann verabschiedet sich Laura von ihrer Freundin.
Aber morgen kommt Sophie wieder nach Hause. Dann können sie endlich wieder ganz viel miteinander spielen!

Am Abend sieht Laura vor dem Schlafengehen noch aus dem Fenster. Sie erzählt ihrem Stern vom spannenden Besuch im Krankenhaus.

„Sophie ist beinah wieder gesund!“, sagt sie. „Und ich hab einen Arzt getroffen, dem ich von dir erzählt habe. Ich hab ihm aber nicht verraten, wer du bist, denn das ist ja unser Geheimnis!“

Als Antwort blinkt ihr Stern hell und freundlich.

Wie schön, einen solchen Freund zu haben!

Der Hauptgewinn

Mama und Papa gehen heute Abend zu einem Konzert. Deshalb passt Oma auf Laura und Tommy auf.
Oma hat Rätselhefte mitgebracht, damit sie sich die Zeit vertreiben können. Laura und Tommy lösen Labyrinth-Rätsel, Oma grübelt über einem Kreuzworträtsel.
Als Laura und Tommy mit ihrem fertig sind, gehen sie zu Oma.

„Mir fehlt hier nur noch ein Wort“, sagt sie und zeigt auf ihr Rätsel. „Hier in die Kästchen müsste ich den Namen einer bestimmten Blumenart schreiben. Aber sie fällt mir einfach nicht ein.“

„Warum sind denn da Elefanten auf dem Heft?“, fragt Laura. „Ich dachte, es geht um Blumen?“
Oma lächelt.

„Der Hauptgewinn ist eine Reise nach Afrika", erklärt sie. „Die kann man gewinnen, wenn man das richtige Lösungswort herausfindet, es auf eine Postkarte schreibt und abschickt."
Eine Reise nach Afrika? Das wäre doch genau das Richtige für Oma! In Afrika gibt es so tolle Tiere: Elefanten, Giraffen, Löwen und Nilpferde. Wenn Oma bei dem Rätsel gewinnt, könnte sie die alle in echt sehen!
Laura fällt ein, dass Oma bald Geburtstag hat. Wenn Laura und Tommy das Rätsel lösen, dann können sie Oma die Reise zum Geburtstag schenken!

Vor dem Einschlafen fragt Laura Oma deshalb: „Kannst du uns bis zu deinem Geburtstag vielleicht dein Rätselheft borgen?"
„Gern", antwortet Oma. „Wenn's dir Freude macht."
Wie immer, wenn Mama und Papa nicht da sind, schläft Tommy auch heute in Lauras Zimmer. Er sieht Laura neugierig an.
„Was willst du denn mit Omas Rätselheft?", fragt er, als Oma aus dem Zimmer gegangen ist.

Laura erklärt es ihm: „Wir zwei finden das fehlende Wort für Omas Rätsel! Und dann gewinnen wir die Reise und schenken sie Oma zum Geburtstag."
Tommy ist genauso begeistert wie Laura.
„Ja, das ist eine super Idee!", ruft er.

Tommy schläft dann schnell ein, aber Laura ist noch nicht müde. Sie steht auf und geht zum Fenster. Draußen über den Hausdächern leuchtet ihr Stern.

Laura erzählt ihm von ihrem Plan.

„Das wird ein tolles Geschenk“, sagt sie. „Allerdings weiß ich noch nicht, wie wir den Namen von dieser Blume rausfinden sollen.“
Ihr Stern schickt einen Lichtstrahl hinunter in den Hof. Sein glitzernder Schein fällt auf das Blumenbeet des Hausmeisters. Laura versteht sofort.
„Ach ja, genau! Der Hausmeister kennt sich mit Blumen super aus! Den frage ich.“
Zufrieden kuschelt Laura sich in ihr Bett und schläft nun auch ein.

Gleich am nächsten Morgen gehen Laura und Tommy hinunter in den Hof, wo der Hausmeister gerade die Rosen schneidet. Laura zeigt ihm das Rätselheft von Oma.

Der Hausmeister weiß auch gleich die Antwort auf die Blumenfrage. „Aha“, sagt er, „eine Orchideenart mit F am Anfang. Das muss ‚Frauenschuh‘ sein!“ Er schreibt das fehlende Wort in die Kästchen. Und dann füllt er auch gleich noch die Gewinnpostkarte mit der Lösung aus, denn Laura und Tommy können ja noch nicht selbst schreiben.

„An wen soll die Antwort gehen?“, fragt er. „Na, an Tommy und mich!“, sagt Laura, und der Hausmeister schreibt die Adresse der beiden auf die Karte. Dann holen Laura und Tommy Geld aus ihrem Sparschwein, kaufen eine Briefmarke und stecken die Gewinnkarte in den Briefkasten.

„So, jetzt müssen wir nur noch warten“, sagt Laura, „bis die von der Rätselzeitung uns den Preis schicken.“

In den nächsten Tagen malen Laura und Tommy Geburtstagsbilder für Oma mit Löwen und Zebras und allen möglichen anderen Tieren aus Afrika. Denn natürlich wollen sie ihr, wenn es so weit ist, nicht nur den Brief mit dem Gewinnzettel überreichen!
Sie holen Sonnenhut, Sonnenbrille und Fernglas aus dem Schrank, denn das braucht man in Afrika. Außerdem malt Laura ein Bild, auf dem sie und Tommy, Mama und Papa drauf sind. Auch ihren Stern malt sie, denn der gehört genauso dazu.
Das Bild soll Oma mit auf die große Reise nehmen, damit sie sich nicht einsam fühlt.

Jeden Tag schauen Laura und Tommy in den Briefkasten, ob endlich die Nachricht da ist. Doch die Tage vergehen, und kein Gewinnerbrief kommt.

Laura fängt an, sich ein bisschen Sorgen zu machen.

Sie zeigt ihrem Stern die Bilder, die Tommy und sie gemalt haben, und erzählt ihm von dem Problem mit dem Brief, der nicht kommt.

„Morgen ist schon Omas Geburtstag!“, klagt sie. „Ich will da gar nicht hingehen. Nicht ohne Geschenk!“

Am nächsten Morgen warten Laura und Tommy ungeduldig auf den Briefträger. Viel Zeit ist nicht mehr. Gleich wollen sie losfahren! Papa hat schon den Blumenstrauß für Oma in der Hand.

Da kommt der Briefträger doch noch. Laura und Tommy stürmen ihm entgegen.
„Haben wir heute Post bekommen?“, ruft Tommy.
Und diesmal ist tatsächlich etwas für sie dabei.
„Der Brief!“, jubelt Laura. „Jetzt haben wir endlich unser Geschenk für Oma! Jetzt können wir los.“

Bei Oma ist der Geburtstagstisch gedeckt, wie es sich gehört: mit Geburtstagskuchen und Kerzen. Sie singen für Oma ein Geburtstagslied, und dann hält Laura es nicht mehr aus. „So, Oma“, sagt sie, „jetzt kriegst du das Geschenk von Tommy und mir.“

Oma muss die Augen zumachen.

Laura setzt ihr Sonnenhut und
Sonnenbrille auf, Tommy hängt ihr das
Fernglas um. Dann darf Oma die
Augen wieder aufmachen,
und Laura reicht ihr den Brief,
der heute gekommen ist.
„Der Brief ist ja für euch!“,
sagt Oma.

„Aber was drin ist, ist für dich“, antwortet Laura.
Oma öffnet den Brief.
„Ihr habt ein Preisausschreiben gewonnen!“, sagt sie überrascht.
„Ja! Die Reise nach Afrika! Für dich!“, ruft Laura.
Oma sieht ihre Enkelin nachdenklich an.
„Ihr habt geglaubt, dass ihr den Hauptpreis gewinnt?“, fragt sie.
Laura bekommt mit einem Mal das Gefühl, dass etwas nicht stimmt.
„Bei dem Preisausschreiben schicken doch viele Leute die richtige Lösung ein“, erklärt Oma. „Und unter all diesen richtigen Lösungen wird dann ausgelost.“

Ach so! Dann genügt es gar nicht, dass man das richtige Lösungswort einsendet, um den Hauptpreis zu gewinnen?

Laura ist enttäuscht.

„Dann war ja alles umsonst!“, sagt sie.

Oma schüttelt den Kopf.

„Gar nicht!“, sagt sie. „Ihr habt ein ganzes Jahr jede Woche ein Rätselheft gewonnen.

Und dann die schönen Bilder, die ihr mir gemalt habt!“
Lächelnd betrachtet sie Lauras und Tommys Zeichnungen. Dann entdeckt sie das Familienbild von Laura.
„Ist das auch für mich?“, fragt sie.
Laura nickt.
„Wir dachten, dass du das in Afrika immer anschauen kannst, wenn du Sehnsucht nach uns hast.“
„Laura, Tommy, das ist ein tolles Geschenk!“, sagt Oma und nimmt die beiden in den Arm.
Dann wischt sie sich mit einem Taschentuch über die Augen.
Weint sie etwa?
Aber traurig ist sie nicht. Das sieht Laura genau.

Oma steht auf und stellt das Bild mit Lauras Familie und dem Stern auf das Schränkchen im Wohnzimmer.
„Von hier aus könnt ihr mir jetzt jeden Morgen zuwinken“, sagt sie. „Und ich muss dazu nicht einmal nach Afrika reisen.“
Mit einem Mal ist Laura mit ihrem Geschenk doch zufrieden. Wenn Oma sich so freut, dann ist doch alles wunderbar.
Laura schaut auf das Bild, und fast sieht es aus, als würde der Stern auf dem Papier fröhlich tanzen.

Der Dieb

Heute ist ein heißer Sommertag. Die Ferien haben gerade angefangen, und Papa hat für Laura und Tommy eine Überraschung! Unten im Hof, auf der Wiese neben der Schaukel, steht ein Planschbecken!

„Oh toll!“, jubeln Laura und Tommy.

„Weil wir erst später in Urlaub fahren und eure Freunde bald alle weg sind, haben Mama und ich gedacht, das würde euch Freude machen“, sagt Papa.

Laura und Tommy helfen, mit dem Gartenschlauch Wasser in das Planschbecken zu füllen. Dann holen die beiden schnell ihre Badesachen und springen hinein.
Wie herrlich!
Erst spritzen sie sich gegenseitig nass, dann sagt Laura: „Ich tauche jetzt!“

„Oh ja!“, ruft Tommy. „Wir tauchen nach Schätzen!“
Sofort beugt er sich über den Rand des Planschbeckens und sieht sich nach etwas um, das sich als Schatz eignet.
Neben seinen Badeschlappen glänzt im Gras eine braune Scherbe.

Tommy nimmt sie.
„Guck mal, Laura! Das ist gut."
Er lässt die Scherbe ins Wasser plumpsen.

„Aber Tommy!", ruft Laura. „Die ist doch scharf!"
Beide suchen im Wasser nach der Scherbe, aber es dauert eine ganze Weile, bis Laura sie findet.

Und da ist es auch schon passiert:

Die Scherbe hat sich durch die Gummiwand des Planschbeckens gebohrt und einen Schlitz hineingeschnitten. Der Schlitz ist ziemlich groß, und die Luft zischt aus dem Planschbecken heraus.

Laura ist wütend.

„Oh, Tommy!“, schimpft sie. „Jetzt ist es kaputt!“

Das Becken ist nur noch eine schlaffe, nasse Hülle. Der Badespaß ist zu Ende.
Laura wirft die Scherbe auf den Boden und geht zornig weg.
Tommy hebt sie wieder auf. Wenn man durchschaut, ist alles ganz braun. Das ist schön. Tommy fühlt sich trotzdem schlecht. Er hat das Planschbecken doch nicht absichtlich kaputt gemacht!

Tommy geht hinter Laura her. Sie steht jetzt bei ihren Freunden Sophie, Pauline und Max. Sophie zeigt den anderen gerade einen kleinen Koffer, in dem auch ihr neuer Badeanzug liegt.
„Das ist mein Reisekoffer mit meinen Reisesachen!“, erzählt sie, als Tommy dazukommt.
„Mit wem soll ich denn spielen, wenn ihr morgen alle schon wegfahrt?“, fragt Laura unglücklich.

„Ach komm", versucht Sophie sie zu trösten. „Wir spielen einfach heute noch ganz viel!"
Sie nimmt eine Frisbeescheibe aus ihrem Koffer.
„Machst du auch mit?", fragt sie Tommy.
Doch Tommy schüttelt den Kopf. Die anderen laufen auf die Wiese und fangen an, sich das Frisbee zuzuwerfen.
Sophies Koffer steht auf der Bank beim Sandkasten. Tommy betrachtet ihn eine ganze Weile nachdenklich ...

Als Laura und ihre Freunde genug gespielt haben, ist Tommy verschwunden. Das merken sie aber zuerst gar nicht, denn etwas anderes ist auch weg.
„Wo ist denn mein Koffer?“, fragt Sophie. „Ich hatte ihn doch hier stehen lassen.“
Alle sehen sich um, doch den Koffer entdecken sie nicht.
„Na, den kann ja nur Tommy genommen haben“, stellt Max fest.
Laura ist empört.
„Quatsch! Mein Bruder ist doch kein Dieb!“, ruft sie.

„Aber wir anderen waren alle beim Frisbeespielen. Und außerdem hatte er doch vorhin das da in der Hand.“

Max deutet auf etwas, das auf dem Boden liegt, genau dorthin, wo vorher Sophies Koffer gestanden hat.

Es ist – die Glasscherbe! Tommys Schatz!

Laura erschrickt.

Aber dass Tommy den Koffer genommen hat, will sie immer noch nicht glauben.

„Wenn ihr meinen Bruder einen Dieb nennt, dann könnt ihr mir alle gestohlen bleiben!“, ruft sie und rennt weg, hoch in die Wohnung.

Doch die Sache mit Sophies verschwundenem Koffer geht Laura nicht aus dem Kopf. Es kann doch nicht wirklich Tommy gewesen sein, oder? Wo ist er eigentlich? In der Wohnung jedenfalls nicht. Außerdem ist Sophie ab morgen im Urlaub. Laura will auf keinen Fall, dass ihre Freundin wegfährt, solange sie beide noch Streit haben!

Also zieht sie sich um und geht wieder in den Hof.

Sophie kommt ihr schon entgegen.

„Hey, da bist du ja!“, ruft sie. „So ein Glück! Komm, wir vertragen uns wieder!“

Die beiden umarmen sich.
„Es tut mir so leid, dass dein Koffer weg ist!“, sagt Laura. „Was machst du jetzt bloß ohne Badeanzug?“
„Ich hab ja noch meinen alten“, beruhigt sie Sophie. „Und vielleicht taucht mein Koffer ja irgendwann wieder auf.“
Die beiden verabschieden sich voneinander.
„Schöne Ferien!“, wünschen sie sich.
Sophie geht wieder rein.

Auch Laura will zurück in die Wohnung.
Doch in diesem Moment entdeckt sie etwas Merkwürdiges. Ein Stück entfernt, hinter einem Busch, hockt Tommy. Er gräbt ein tiefes Loch. Warum macht er das? Ob er vielleicht doch etwas mit dem Verschwinden des Koffers zu tun hat? Laura geht näher heran.

Zwischen den Zweigen hindurch sieht sie, wie Tommy etwas in das Loch legt. Laura reißt erschrocken die Augen auf. Das ist doch Sophies Koffer!
Tommy hat ihn also wirklich genommen!

„Oje! Mein Bruder ist ein Dieb!“, murmelt Laura.
Sie weiß nicht recht, was sie jetzt tun soll.

Laura beschließt, Papa zu fragen. Und am besten macht sie das, wenn auch Tommy dabei ist. Das Abendessen ist der richtige Zeitpunkt. Da sitzen sie alle drei um den Tisch.
Tommy sieht ganz blass aus und schiebt sein Essen auf dem Teller hin und her.
„Papa, ich hab eine Frage“, beginnt Laura. „Wenn man was Verbotenes gemacht hat, zum Beispiel was gestohlen oder so, und wenn es einem leidtut und wenn außerdem auch jemand anderes davon weiß – was macht man dann?“

„Am besten die Wahrheit sagen und das Gestohlene zurückgeben", antwortet Papa. „Dann wird man sich mit seinem schlechten Gewissen sofort wieder besser fühlen."
„Aha", sagt Laura und sieht Tommy an.
Der schaut auf seinen Teller. Er hat verstanden, was Laura meint. Aber er sagt nichts. Gar nichts.

Als wenig später Lauras Stern am Himmel leuchtet, erzählt Laura ihm, was passiert ist.
„Ich weiß wirklich nicht, was ich jetzt machen soll“, seufzt sie.
„Soll ich Papa und Mama sagen, was Tommy gemacht hat?
Das will ich eigentlich nicht. Aber wenn er selbst nichts sagt, bleibt mir gar nichts anderes übrig.“
Der Stern wirft seinen funkelnden Schein in Lauras Zimmer.
Ganz erfüllt ist es von seinem Glanz. Der Lichtstrahl deutet auf ihre Zimmertür. Laura horcht. Dahinter weint jemand!

Sie öffnet die Tür. Vor ihr steht Tommy.
„Aber warum kommst du denn nicht rein?“, fragt Laura erstaunt.
„Ich trau mich nicht“, schluchzt Tommy. „Und ich trau mich auch nicht, es Papa zu sagen. Und Sophie. Jedenfalls nicht alleine!“
„Du meinst, das mit Sophies Koffer?“, fragt Laura.
Tommy nickt.

Laura legt ihm den Arm um die Schulter und führt ihn in ihr Zimmer.

„Aber was wolltest du denn damit?“, fragt sie. „Das ist doch ein Mädchenbadeanzug!“

„Ich hab die Sachen doch nur weggenommen, damit Sophie nicht in den Urlaub fahren kann“, sagt Tommy. „Wenn sie nicht wegfährt, hast du hier jemanden zum Spielen!“

„Du hast es mir zuliebe gemacht?“, ruft Laura erstaunt.
Tommy nickt.
„Wir bringen das wieder in Ordnung“, sagt Laura. „Komm, wir gehen gleich zu Papa!“
Tommy sieht ängstlich aus.
„Es wird schon nicht so schlimm werden“, tröstet ihn Laura.
Und sie hat recht. Keiner schimpft mit Tommy.

Papa hilft, den Koffer wieder auszugraben und sauberzumachen. Dann bringen sie ihn zu Sophie. Sie freut sich, dass sie ihre Sachen wiederhat und sie morgen doch noch mit in den Urlaub nehmen kann.

„Ich bring euch Muscheln mit vom Strand“, verspricht sie.

Als Papa, Tommy und Laura über den dunklen Hof wieder zurück zu ihrer Wohnung gehen, leuchten oben am Himmel hell die Sterne.
„Ich bin wirklich froh, dass du alles erzählt hast“, sagt Papa zu Tommy. „Und damit morgen für alle die Sonne wieder so richtig lacht, flicken wir gleich in der Früh euer Planschbecken.“
„Oh ja!“, jubeln Laura und Tommy.
„Es tut mir wirklich leid, dass ich deswegen so böse auf dich war, Tommy“, sagt Laura. „Und dann hast du den Koffer genommen, weil ich traurig war, dass Sophie und die anderen wegfahren.“
„Mhm.“
Tommy nickt.

„Aber weißt du“, fährt Laura fort, „ich hab doch eigentlich einen ganz tollen Freund zum Spielen!“

„Echt? Wen denn?“, fragt Tommy verwundert.

„Na, dich!“, ruft Laura, und Tommy strahlt.

Hell funkelt Lauras Stern über ihnen am nächtlichen Himmel.